Eleonore Weber: Die Bäume am Abhang

edition fabrik.transit 2022
A-1030 Wien, Mohsgasse 7/19
www.fabriktransit.net

© Texte und Coverbild: Eleonore Weber
Druck: PRINT GROUP Sp. z o.o.

ISBN 978-3-903267-31-2

Gefördert vom Bundesministerium für Kunst,
Kultur, öffentlicher Dienst und Sport
Gefördert von der Stadt Wien Kultur

Bundesministerium
Kunst, Kultur,
öffentlicher Dienst und Sport

Eleonore Weber

Die Bäume am Abhang

Die Bäume am Abhang

DIE VOGELUHR muss einmal im monat

aufgezogen werden

die figurenuhr einmal in der woche

jeden samstag

die biedermeieruhr täglich

zur gleichen zeit

die schwarze pendeluhr im schlafzimmer

darf nicht verrückt werden

I. im abstand

VON FERNE
wird alles irgendwie slapstick
du bekommst es vorbeigetragen
ohne anstrengung: ein fluss der fließt
da sitze ich gerne
am ufer und tauche
nicht ein wenn vergangenheit
an mir vorüberzieht keinen zeh
häng ich ins wasser
auch keinen
kleinen

ABER WAS MACHT
etwas so lustig dass es dich nicht treffen kann?
es ist nur die distanz

SIEH WIE SIE
spielen du siehst
nur zu
aber glaub mir
auch das ist schon
eine leistung: dein
lächeln

NIEMAND WIRD deinen kopf
wenden dir die augen ans licht gewöhnen
wie motten das licht diese männer
schlägst blind um dich suchst
nach dem ausgang wie nach dem kino
EXIT is there LIFE ON MARS?
or at least after life in the
life long lounge
stehst du auf
gehst endlich
gehst

II. *im uhrwerk*

WAHRSAGE-UHRWERK
ereignisse sind große bewegte objekte
die zeit-loren fahren mit hohem tempo
in untertage-bau schloten
und tauchen irgendwo später auf

alle jahre mit einer acht sind gefährlich
es kommt zu zusammenstößen
und zu unfällen
doch genau genommen waren
die jahre davor und danach
auch schon kritisch

im autodrom
fahren sie selbst
oder werden chauffiert
oder sind google cars

ereignisse es gibt sie
als dinge
als ströme
und als kräfte
verortet
oder als besitz
die zeit kommt

geht
oder ist da

IN DIESEN KREISEN

ist eine zimmerflucht kein guter umgang
sie hat den durchgang versperrt die passage
unpassierbar gemacht was bleibt
ist eine sichelmondschleife auf der läuft er jetzt
von tür zu tür auf und ab tigert
wie rilkes panther im käfig das hat sich
festgesetzt im kopf: der arme panther!
soll sie die tür öffnen? aber sie bleibt
hart die kinder picken an fixen plätzen
wie die pick siebener im ringelreihn
doch das zimmer fährt karussell
schreibtisch vitrine kasten – schreibtisch
vitrine ... und dann und wann
ein weißer kachelofen
alles im biedermeier-stil alles selber bezahlt
von ihrem eigenen gehalt es soll ja schön
sein schön sein hält armut vom leibe
ist aber noch lange keine garantie
für das glück
wenn einer da draußen brüllt
vor der tür

SIE ÖFFNET DEN BIEDERMEIERKASTEN
die gläser in den türen scheppern der braut-
schleier liegt ganz unten in einer schachtel
in seidenpapier die kinder wissen das
nehmen ihn heimlich heraus
wenn sie heiraten spielen
sie stehlen auch die taufkerzen
und schlagen sie
mit den köpfen nach unten auf den boden
wenn sie damit im kreis gehen:
tauf – tauf – tauf
sie kniet jetzt mit dem schleier vor der ofentür
wie zum einheizen
die mädchen schauen entsetzt entschlossen
sieht sie die ältere an:
versprich mir dass du nie
heiraten wirst. es ist ein versprechen
das gehalten werden wird

IM UHRZEIGERSINN so werden
geschichten immer erzählt
und von unten nach oben
nicht ins gegenteil wer gerade
das glück hat im auftrieb
erzählt sich auch besser nicht
gegen die ganzen gewichter
der schwermut gibt es
ein pendel
das schwingt und die zeit
schreitet voran obwohl ja
die schwester damals dem nikolaus nur
den einen satz hingeworfen hat:
die uhr geht fort
was bei genauer betrachtung
die richtige antwort ist

DIE STERNE hat die mutter nebenan
in der küche gesehen nicht aber
den mond der ist untergegangen
als das geschirr zu bruch
ging denkt die tochter
ich wusste das schon
bevor sie
der reihe nach
zu mir kamen
mir davon zu berichten

IM UHRKASTEN

ist ein versteck aber auch dort
tickt die zeit john lennon
weiß das weil er
den rädern zusieht die
rund um rund gehen
für die in der mitte
ändert sich nichts
alle anderen fahren
auf dem ziffernblatt
karussell

ABER DASS SICH FÜR DIE IN DER MITTE
nichts ändert stimmt so
nicht mehr denkt die mutter
seitdem sich die zeit in ökonomie
aufgelöst hat fahren wir alle karussell

BÜRGERLICH SEIN

ist keine geschichte mit open end
aber wenigstens sicher
man weiß was etwas ist weiß
wie es endet wo alles
hingehört es ist sicher nichts unerwartet
weil es immer schon fertig ist
wird nichts mehr kommen
nichts gutes nichts schlechtes obwohl es
mit sicherheit die guten und die schlechten
zeiten gibt denkt die tochter viel später
die möbel sind platzhalter aber wofür da ist sich
die tochter nicht mehr so sicher
weil sie das gleiten jetzt selber erlebt
dass nichts so ist wie es vorgibt zu sein
sie hat die dinge einfach unterschätzt
denkt die tochter die sind einfach
nicht so stabil wie sie angenommen hat
sie fahren herum und verändern
den sinn und die richtung

WIE AUF DEM JAHRMARKT

im autodrom denkt die tochter
aber nur wenn es dabei um nichts geht
glänzende polituren nur glänzend polierte
oberflächen sind aber dass man die dinge
auch notwendig brauchen kann
wie einen bissen brot
oder wie einen baum am abhang
ist ein relativ neuer gedanke
den sie erst hat seitdem sie selber
im gleiten ist

SEIT SIE SELBER im gleiten ist
in gleitzeit denkt die tochter
dass man die dinge auch notwendig
brauchen kann nicht nur
als reibungsfläche und sprung
brett nicht nur als platzhalter
als etwas wofür sie stehen
sondern das wirkliche kirschholz
den möbelstaub
hat sie gelernt beinahe zu lieben
denkt die tochter
das beinahe-
lieben ist eine seil-
schaft
in ihren sinnen ist sie immer
mitgehangen-mitgefangen

UNTER DEN KASTENFÜSZCHEN den schönen

schwanenhalsigen in den kuhlen

geschwungener tischbeine – in nussbaum –

die in schwere dunkelbraune tropfen mündeten

als wäre das holz gefrorenes wasser

saß ich oft denkt die tochter

da war ich noch klein genug

aber es war auch die zeit

der gekochten hühnerfüße

denen die gelbe haut

abgezogen werden musste

die krallen ausgerissen

und der hunde die

kutteln fraßen

den ganzen kuhmagen beutelten

hin und her schlugen

als hätten sie das tier

eben erst erlegt

DER HUND FRISST NICHTS

vielleicht solltest du ihm kutteln geben
die kinder sagen das auch
wann kommst du heim?
solche botschaften finde ich immer noch
auf zetteln geschrieben in der krakeligen schrift
meiner mutter denkt die mutter
wenn nicht mittendrin der satz stünde:
nimmt professor pflüger rücksicht auf den mond?

WER NIMMT SCHON RÜCKSICHT
auf den mond
wenn das 50 jahre her ist
denkt die tochter und doch
glaube ich mich zu erinnern dunkel
an ein zimmer am land hirschgeweihe
an den wänden
an viele menschen
ein flimmerbild
flimmert
schwarzweißes
rauschen
aufgeregte
gemeinsamkeit der erwachsenen
als würde ein kind geboren
ein zwei-mann-im-mond
mondkind

ZWEI-MANN-IM-MONDKIND
denkt die mutter der mutter
das war für mich immer der mann
der nur einen nagel
in die wand zu schlagen brauchte
um ein-mann-ist-ein-mann-kind
zu sein

DAS WIRKLICHE kirschholz den möbelstaub
oder als es noch baum war irgendwo
am abhang und die kirschblüte das
dunkelgrün auf den blättern und die
aufgeplatzte haut der kirschen vom regen
und das gelbe licht eines vormittags durch
die scheiben die centstücke unter den kasten
beinen zu kleinen türmchen geschichtet
damit er nicht ins wanken kommt
täglich

ABER DIE KINDER

die haben natürlich die centstücke unter den kasten-
füßen herausgekratzt dass er zu wackeln
anfing denkt die mutter dafür ließ ich sie dann
scheitelknien nicht wirklich denkt die mutter
aber für meine wut war es ein gutes wort
das ich mir unter die zunge
legte

DIE KIRCHE IM NETZ ist nicht
der dom aber auch dort
wurden schon netze ausgeworfen
beziehungsdicht engmaschig
zwischen den kerzen
das angebetete heimgebracht
zum essen zu tisch und bett
es ist dir doch recht?
die beziehung im keim
die sich anbahnt

DA SIE SCHON mit der tür ins haus
gefallen waren was blieb mir denn über
denkt die mutter als sie einzulassen
den ganzen abend ging ich
auf stelzen
und sie merkten es nicht

ES GIBT SCHON SÄTZE
denkt die tochter die mit der tür ins haus
fallen sie tun nicht einmal so als gäbe
es eine tür geschweige denn ein haus
im ernstfall ist es ein haus in der luft
das kannst du dir aufzeichnen
das wolkenkuckucksheim
das gehört der vergangenheit
auf einmal
ist nur der satz da:
ich werde mit einer anderen frau sex haben
an dem futurum kaut sie immer noch
aber vielleicht ist ein satz auch nur
ein satz

FUTURUM denkt die mutter
das ginge ja noch aber futurum exactum
ist eine besonders perfide zeitform
du denkst in die zukunft in der form der
vergangenheit morgen um diese zeit
wird er mit einer anderen frau sex gehabt
haben
das „es-wird-gewesen-sein" der verpassten
gelegenheit
vor der vorzukunft habe ich
wirklich angst

STIMMT NICHT

ein satz ist ein satz ist ein satz

führt aber nicht weiter

auch dieses patt hat sie schon erlebt

dass sprache nicht zu dem passt

was gesagt wird mimik

nicht zu den gesichtern

zu schnell oder

zu langsam stimme

zu hoch oder

zu tief

klingt

wie auf helium

oder wie johnny cash

der nico covert

und außerdem: eine jede

kann ihn sagen

kann sagen: ich

liebe: dich

: nicht

ein satz kümmert sich nicht

EINEN SATZ kümmert es nicht

er hat keine umgebung kein umfeld

denkt die tochter diesen teppich zum beispiel

nimmt er nicht wahr und das lied

das da gerade im hintergrund spielt

obwohl das die dinge sind

die bleiben

im auge

im ohr

als nahaufnahme

und in zeitlupe

sind es die bäume

am abhang

VOM BAUM am abhang
wissen wir wenig irgendein
baum der bleibt und wir sehen ihn
täglich wieder
das ist seltsam der baum erinnert mich
an den satz
denkt die mutter aber in meiner
erinnerung ist es die blumenesche mit
leuchtend gelben blättern und einem
krummen stamm
und es ist herbst

WO ABER habe ich das fürchten gelernt?
denkt die tochter oder lerne ich es
neu und mit jedem mal anders wie
kommt das dass all mein übermut
verschwunden ist und ich nicht einmal
mehr mutig sein kann karussell ist
das keins mehr eher die wipp-
schaukel eine zeitlang geht's
aufwärts irgendwann senkt
es sich ich glaube das liegt an
der erdanziehung aber die
war doch vorher auch schon da
nur leichter das leben
eine hüpfburg kein ponyhof
alles was sein kann so vieles
das kommen wird
kommt
mir die zukunft abhanden
irgendwann nicht nur
die zukunft
die gegenwart

wird es herbst?

WEDER KINDHEIT noch zukunft
gehen mir aus denkt die mutter der mutter
überzähliges dasein entspringt mir im herzen

IN DER VORSTELLUNG denkt die tochter
stieg ich mit den andern aufs dach
der pariser oper
den schlüssel zur verbotenen tür
warfen wir in einen kübel kalkweiß
während er ins dickflüssige sank
gingen wir auf spitzenschuhen
und weißen tütüs über die dächer
die stadt ritzte sich die pulsadern auf
das opernhaus war eine große kröte
in ihrem magen tanzte der nussknacker
und meine freundin starb an einem
silbernen bleistift den er ihr ins herz
stieß: pass auf der kinderverzahrer
geht um sagte die urgroßtante
lass dich nicht ansprechen
ich dachte mir filme aus
auf dem schulweg
die beiden männer
in dem auto
sicher kinderverzahrer
mich würden sie
nicht
kriegen

DASS ER DIE KINDER aus dem verkehr
zieht verzeih ich ihm nie denkt die mutter der
mutter doch er schälte mein herz wie eine violette
endivie ich konnte es ihm nicht verdenken den
reiz meiner knie zum verzehr im revier
schwarzer und weißer tasten
ich spielte den foxtrott das klavier hat ihm wohl
den kopf verdreht nach fünf uhr aber was machst
du mit dem knie lieber hans für alle rehe und
rinder zum tee und zum tanz
zündete ich mir eine zigarette an
aus dem silberetui revidierte alles
um des lieben frieden willen
nahm ich das geweih ab
puderte mir die pfote
mehlig
blumig
fraß kreide

IN RÖTEL beginne ich bei den zehen
denkt die tochter fahre dann weiter
die schenkel entlang bis zum bären
zur wölbung darüber unter dem hoch
gerutschten hemd mache ich weiter
bis mein gesicht zu sehen ist mit
den haaren die mir ins gesicht
fallen und den augen die aus dem
papier in den spiegel schauen
und meiner hand die sie
zeichnet

ABER SO OFT denkt die mutter ist dieser körper
den ich trage wie nichts
unsichtbar ungesehen unbekannt dieses ich sein
ich könnte noch einmal ganz von vorne anfangen
mein aussehen ändern
einen anderen körper tragen andere haut
zerknittertes leder vinyl vielleicht
nicht wie damals als ich die figur
hinter glas beneidete: ach wenigstens
einmal so aussehen wie die
die dann ich war

VOR ALLER AUGEN lebe ich
denkt die tochter das netz ist
ein schaufenster in die netzhaut
schwimmen die fische herein
ich wasche sie täglich

EINE KÜNSTLICHE linse trag ich
im aug auf meiner netzhaut
schwimmt wasser
denkt die mutter

MAKULA MAKULATUR

ablösung war bei uns immer
die erbschaft der frauen
die männer sind farbenblind
denkt die mutter der mutter

VOR DIE HUNDE gegangen
denkt die mutter bin ich doch tatsächlich
seitdem hat die reihe der hunde kein ende
genommen seit dem tod meines vaters
der sich die hunde streng verbeten hatte
kamen mir hunde ins haus
in lückenloser folge
als wären sie
eine ungebrochene
dynastie

DYNASTIE ist eine liste
die ich aufsagen kann
auswendig oder vom
hörensagen

ICH WEISS NOCH wann ich den hund
entdeckt habe denkt die tochter der tochter
er saß mir plötzlich im hals ich zog
an seiner zunge wie an einem roten lappen
da sprang er heraus ich sagte
sitz! da setzte er sich neben mein bett
und ich hörte der stimme zu
die neben mir hechelte

JEDER GEDANKENGANG der an-
fängt mit zugeschlagenen türen denkt die
mutter der mutter
öffnet mir wieder zehn neue ich weiß gar
nicht wo ich anfangen soll:
bei den kastanien oder bei den fasanen
fasane stinktiere
kastanien kernseife
ach tragen sie doch zur sommerzeit
immer staatenfreie knie
und achten sie auf das taschen-indiz
unter dem trauschein aller anschein trifft zu

DAS DEFIZIT lebt unter uns
nachts sind die rinder fies
auf unseren almen
sie kälbern in scharmützeln
dass die pferche krachen
nur das indiz schaut fern
und sticht ans andere ufer
der distanzen
distelherzen
unglaublich was hier so auf zetteln steht
denkt die mutter man könnte sie fast
für eine poetin halten meine mutter
einen satz streute sie aus
wie salz
in der gestandenen wirklichkeit
war nichts mehr haltbar

ES STICHT MIR INS HERZ einer artischocke
die weiße distel ist baumwolle
die wattefelder sind alle gemäht
umgeackert
ich fuhr comic wege um york
im rolls royce war ich gepanzert und
salamander und feuerfest im kodiak-
zeichen versteckt bin ich längst
limousine powergetier
und gefedert sogar meine geräusche sind
nachempfindungen früherer wagen
schläge klingen wattiert
und garantiert schmerzlos
denkt die mutter der mutter

WER GING MIR IM OHR nachts als schritte
wenn ich schlaflos im bett lag
als ich klein war war mein herz
ein soldat
denkt die tochter

WINNETOU UND OLD SHATTERHAND

jeden donnerstag im volksheim zur vorstellung
denkt die tochter ich blieb nie bis zum schluss
verpasste immer den höhepunkt
banges bangen gekappte hoffnung nie
habe ich mich so gefürchtet wie im kino
bei bambi war alles nur zeichentrick
es tröstete mich nicht
und fragen die bleiben
wahrscheinlich bis ans lebensende
warum sind die beiden räuber
im brennenden haus eingesperrt
warum hält der eine die sparkasse
so eisern in händen
warum fährt das feuerwehrauto mit den falschen
feuerwehrmännern so gnadenlos
daran vorbei
war es einübung dass
was im film unwirklich ist
dann aber
doch
...

VÖLKISCHES BEOBACHTEN in den augen der straße
finden sich nie die richtigen antworten
auf ein falsches bild denkt die mutter
ich zog meinen leiterwagen mit manuskripten
hinter mir her „hitlers österreichbild" war
meine entdeckung: unter vielen einer
sei er gewesen sagten die mitschüler
und wie österreich ihm die ideen gab
einen den erfinder des eternits traf ich
im lesesaal der nationalbibliothek
unser erkennungszeichen: ich baue
aus büchern
ein haus

ALLE HÄUSER sind bücher
denkt die tochter ich hielt mich
in bibliotheken auf wie auf bahnhöfen
sah wie die leute in bücher stiegen
und wegfuhren es war nie
das gleiche buch

SEIT SIE FORT SIND denkt die tochter
der tochter bin ich jemand die
von niemand geteilt wird
vom bühnenrand bin ich
in die menge gestürzt
die plötzlich ein hof war
stage diving im auf
schlag ein auf
prall
alle waren da
aber da war
niemand

VON OBEN denkt die tochter
sieht dieses becken aus wie ein
winziges blaues quadrat
schwimmbadblau
mit schwarzen streifen am grund
ich sehe die zahlen auf den sockeln
ich weiß ich soll in das wasserblaue handtuch
springen ich weiß ich soll
ich weiß
es sind nur zehn meter
oder fünf
oder drei
oder einer
ich werde erst springen
wenn die höhe
zu ebener
erde
ist

EINE VON DREI denkt die tochter
der tochter ich bin eine von drei giraffen
die den turm zum zehn-meter-brett
besteigen der reihe nach
ich bin eine von drei
ich bin die jüngste doch
meine beine sind die längsten
ich habe zwei bastbezogene höcker
auf der stirn ich bin eine von drei
unsere schritte hallen wider
in den hallen wo
außer uns niemand ist
unsere bäuche schwingen
im takt unserer schritte
wir sind grazil
jetzt
betritt muttermutter
das sprung brett
es federt
während sie schwung holt

sie springt

HITLERSMANN

steht am auto dran
war mein erstes gedicht
denkt die mutter da war ich vier
später wurde ich in der schule
für dumm gehalten weil ich das bild
des führers nicht fand
mit tinte markierte ich mir
die richtige hand für den rechten gruß
nach stalingrad schrieben wir
vivat – sieg an allen fronten!

KANN SEIN dass da irgendwo noch
ein pferd war ein graues ein braunes oder ein
apfelschimmel denkt die mutter der mutter
niemand wollte es reiten
gesehen haben wollte auch niemand
dass nirgends so etwas gewesen sein
könnte
nein das ist doch der hund
reb im ladogasee da auf dem foto
steht eindeutig „rebi im ladogasee"
nicht an der kalamaria

DIE ZIMMER der kirche im netz
habe ich schließlich betreten
denkt die tochter die wohnungen heißen
lounges du betrittst sie in buchstaben
du schickst dein echo voraus
dein ruf ist schneller als dein schatten
du bist was du dir ausdenkst
alle die vielen bis es auf dich zurückfällt
die kugeln in den himmel
kommen
herunter
dich zu treffen

TIER DAS ICH sein wollte
bin ich nie gewesen denkt die tochter als
pelzchen pries ich mich an und bekam nur
perverse selbst hier gab es immer nur
das eine
im weltweiten land der unbegrenzten phantasie
waren die vorstellungen
endlich

DAS ICH DAS ICH sein wollte
bin ich nie gewesen
auch das ICH-BIN-ICH wollte tier sein
und war keins

TOLLWUT war ausgebrochen
deshalb mussten wir umkehren
durch rote sandteppiche der maul-
und klauenseuche gehen
was ist das für ein clown
der den kühen geschwollene münder
klamme hufe und gesprenkelte euter
bereitet?
für die rinder wäre ich gerne
in quarantäne gegangen denkt die tochter
aber warum trug mein vater
als er aus dem auto stieg
alle drei winterhüte
übereinander?

ÜBER DEN KOPF EINE SCHLINGE ein netz
einen kescher denkt die tochter der tochter
schnappt der fisch nach luft und wird blau
zwei gladiatoren mit dreizack
und netz fangen ihn ein messen sein fieber
führen ihn ab in handschellen
verzweifelt schlägt er mit den flossen
es sieht aus wie applaus doch er kriegt
keine luft: bitte bitte lasst mich
leben ich will euch auch drei junge
geben die erfüllen euch alle wünsche
es geht leider nicht
sagen die jäger traurig
wir sind nicht schuld
es ist das virus
da gibt es keine ausnahmen
alle ausnahmen kommen
vors ausnahmegericht
ins ausnahmeland
im erstausnahmeland
stecken sie alle anderen
nicht an

CORONA wie nüsse
über die buchseiten rollen
denkt die tochter und ich kann
ihnen nicht folgen die zeit
kehrt zurück in die schale
doch ist es als hätte ich sie
wirklich wegrollen sehen
in diesem moment
aus einem mund fallen
und den satz finden müssen
der sie aufhält

DIE WELT IN DER NUSSSCHALE

in sich gekrümmt und geschlossen
nacheinander
sind alle ankünfte und abreisen
von den anzeigetafeln gefallen
wie dominosteine
alle länder haben sich in ihre grenzen eingerollt
wir sitzen mit mindestens einem meter
auf abstand

wegen der übertragungswege
aus ländern der mund zu mund
beatmung
gibt es kussverbote

WIR GEBEN UNS WEITER in mündern
denkt die tochter wir wechseln uns aus
in partikeln weltweit treten wir über wir fließen
ineinander auf weltkarten werden wir als
rote kreise angezeigt wir sind in der luft
und im atem

ICH BIN DIE SONNE UND DIE LUFT
denkt die tochter
der tochter ich bin der sohn und
die erde die erbe
einer schüchternheit
die kriminell vulgär ist
ich gehe die dinge falsch an
ich bin ein mensch
und muss geliebt werden
genau wie alle anderen
wann genau ist „jetzt"?

JETZT denkt die tochter

wird der wagen mit dem brautpaar

die gasse zurück gerollt kommen

wir werden unsere doktorspiele

unterbrechen &

aus den fliederzimmern treten

jetzt wird das auto am eisernen gartentor

halten

jetzt werden sie aussteigen

jetzt werde ich mir den grünen

gartenschlauch in den mund

stecken und einen tiefen zug

machen und ein schwall

brackigen regenwassers

gemischt mit gelben herbstblättern

wird mir in den mund

schießen

DEN TAG an dem ich *ein leid als spielzeug* bekam

kann ich auswendig denkt die tochter

es war ein globus auf dem ich mit blauer kreide

die länder zeichnete und den ärmelkanal

doch jemand hatte sich das hüpfseil bis an die

hüften geschoben dass es zum zaun wurde

zu hoch um es zu überspringen:

ho-ruck

donald-duck

micky-maus

rein-raus

aus dem globus entwich alle luft

nichts als sprünge auf einer landkarte

ein fehlender sessel im sesselkreis

niemand hätte gedacht dass ich am abend

wieder dort landen würde

wo ich aufgebrochen war

KIRCHE IM DORF ist die kirche
im netz längst nicht mehr der
weltweite dom steht offen für alles
denkt die tochter warum fällt
mir jetzt frankie goes to hollywood
ein:

in xanadu ließ kublai khan
einen stattlichen vergnügungsdom
errichten unermesslich für menschen
hinunter bis zu einem sonnenlosen meer
ein wilder ort so heilig
wie verwunschen

als welcome to the pleasure dome
herauskam war vom netz keine rede
das radio sprach kein englisch
sie hätten sonst relax nicht gespielt
wann willst du kommen hieß einfach
wann willst du kommen

die kirche im netz hat viele wohnungen
zimmer hart und zart
innen nach außen gekehrt
wie geschälte früchte

fleische von austern
welten im angebot
entkernt wie müll
alles zum verkauf

ABER LANGE BEVOR RELAX
war wann willst du kommen noch
ein sommer am mondsee
feuchtigkeit der badesachen
vom letzten jahr
tief ins holz eingezogen modriger geruch
eine schwimmente die luftmatratze
beim bootshaus am steg liegen
im unendlichen sommer
die briefe an doktor sommer
in den heimlichen bravo-heften
der nachbarstochter die
drängende aufklärung die nach dem
fotoroman kam

EINMAL IST ALLES was ist noch nie dagewesen
alle vorstellungen liefen gegen unendlich
und alles war neu denkt die tochter
diesen schmalen spalt
möchte ich wiederfinden
das weiße blatt
einer idee
den unbetretenen schnee
eines mediums
doch auch der mond wird
nicht mehr derselbe sein nachdem
diese männer ihn betreten haben
irgendein trabant wird er werden
abhängig und zugemüllt
eine karavane wird ihn besteigen
wie den mount everest
sie werden ihre exkremente
da oben lassen
und ihre plastik-verpackungen
und ihre satelliten-schüsseln
und ihre raketen-basen
und ihre spreng-köpfe
aber diesen einen moment
an dem es hätte anders sein können
möchte ich wiederfinden

diese vorauseilende vorstellung
die wie ein junger hund wild
ins licht läuft
und nicht weiß
was sein wird
weil er nicht weiß
was sein kann
diesen schmalen spalt
möchte ich wiederfinden
wo eine möglichkeit
noch kein totschläger war
und kein stacheldrahtzaun
und kein hirschfänger
kein plutonium
und nicht endlich

ich werde die zeit wie eine große schleife
binden und mit einem neuen stich neu beginnen

DIE ABHÖRUNG DES WALDRANDS

findet statt denkt die tochter der tochter

die baumwipfel sind steigende und

fallende linien

die umrisse werden als melodie

angezeigt: hier schlägt das herz

des waldes der ganze wald liegt

festgeschnallt auf einem OP-tisch

nichts ist zu hören

nur die zackenschrift ist zu sehen:

zu lesen: hier schlägt

der wald hier schlägt

der wald

der wald

JOHANNA DOHNAL hat ihr versprechen gehalten
für alle frauen wird die mutter sagen
durfte ja nicht einmal arbeiten ohne sein
einverständnis saß draußen im wartezimmer
während er mit meinem geld den baugrund
kaufte aber so war die zeit
eine wüstenrotsonne die aufging am horizont
im westen wehte ein aufbruch
weh tat es erst später

DASS ES SPÄTER ERST WEHTUT

im licht eines anderen wissens
weiß die tochter es wäre ja sonst alles
austauschbar jede zeit würde die vorangegangene
löschen ihre erinnerungen und glaubenssysteme
shreddern zählen würde dann erst
gerademal das was ist
es wäre das legitim was obenauf
wäre

WÄRE WAS OBENAUF dass es wäre
was ist denkt die mutter der mutter
legitim wäre es nie du zögest die hand
aus dem stoß und legtest sie oben hin
auf die meine dann wieder ich
drunter und drüber den ganzen
stapel hände was liegt das pickt
wer zuletzt lacht am besten
wenn sie doch vögel wären
all diese finger
alles was flügel
hat …
fliegt …

DASS IMMER DIE FRAUEN
denkt die tochter und bricht ab –
denn so etwas sollte ein-für-alle-mal
kein thema mehr sein und dass es das
immer noch ist spricht gegen sie allein
sie hat das nie verstanden wie das passiert
dass die geschichte dich überholt
alle anderen sind längst schon
darüber hinweg was ist eigentlich
das problem?

ABER DASS IMMER DIE FRAUEN
damit fertig werden müssen während die
männer mit ihren gewohnheiten
weiterziehn
dieses thema ist doch schon längst
gegessen chronos frisst seine kinder
woran das wohl liegt? vielleicht liegt es ja
tatsächlich am geld
denkt die mutter

SURROGAT leihmütterchen ersatzleib
denkt die tochter
das geld hält dir das leben vom leibe
und das elend der welt
aber wehe wenn es fehlt

ich sehe:
k. in seinem zerrissenen faden-
scheinigen mantel mich
die ich die armut noch nicht
kannte und das herunterkommen
in eine welt aus wenig geld kälte
und hunger so wenig erfahrung

WIE SICH DAS ANFÜHLT das fallen
das brot das ich einmal
an seiner stelle gegessen hatte das
jahre später wieder als
vorwurf aufgetaucht war ganz
unerbittlich und hart und versteinert
immer noch erhalten fossil durch
all die jahre als argument für die
trennung gegenstände die zu
aussagen wurden zu anklagen
zum handhaben statt liebhaben
wie die stimme des vaters jetzt auf
band den hauptmann von köpenick
deklamierend

FÜR DIE MUTTER

kassetten gesucht aus dem nach

lass den vater im kasten des kalten krieges

im dachbodenzimmer die schachtel gefunden

mit den unbeschrifteten audiokassetten

gemeinsam nach

einem abspielgerät gesucht irgendwo

fand sich dann der radiokassettenrekorder

dreißig jahre zerfall habe ich einmal gelernt

je jünger das medium

desto kürzer die haltbarkeit

DIE MESSAGE IST ÜBERTRAGBAR
das material zerfällt
film: hundertfünfzig
fotografie: um die zweihundert
nicéphore niépce: gesundheit!!!
der name fixiert (heliografiert)
im gedächtnis der blick
über die dächer von nizza

SO BELANGLOS

beginnt etwas und steigert sich wird zur
lawine ein rolling stone setzt kein moos
an sammelt staub im kometenschweif
all diese partikel im licht wie flashbacks
sind jetzt stimmen auf band und im all
klingt die stimme der liebhaberin aus
der zeit genommen aus einer fernen welt
aus der dose reicht ihre traurigkeit
jetzt hinein in die gegenwart

I DON'T KNOW HOW to tell you, henry –
dann seufzen und schweres atmen
wird sie immer in bluse und faltenrock
und schwarzer perücke bleiben?
wollte doch nur sein geld nicht die liebe
des sugardaddy
obwohl sie doch jetzt
durchaus eine andere hätte sein können
sicherlich ist und sie könnten jetzt
beste freundinnen sein
mutter und sie: eine freundschaftsachse
von minnesota nach floridsdorf
wie zwischen katsutshika-straße
und schlingerhof
freundschaft du schlampe

MUTTERS NACHSICHTIGES LÄCHELN
wie sie den stimmen auf band zuhört
ich sehe sie hört
diese stimmen nicht zum
erstenmal

NACH TURIN

dort ist ein grabtuch the sacred shroud
klingt so komisch schauderbar in englisch
wie diese ganze pilgerfahrt die liebhaberin
will den sanctus der noch-ehefrau
und der ehemann
hat endlich die frau seines lebens gefunden
also müssen sie schnell weg aus den augen
aus dem sinn mit den zähnen geknirscht
vor lauter sarkasmus

JETZT MÜSSEN AUCH IHRE KOFFER
zum bahnhof
da sind die rocky mountains drin mindestens
aber rache ist süß das turtelpaar
in die falschen wagons gepackt
und ab nach milano turin ist woanders
das wird dauern bis die etwas merken
aber sie kommen wieder sie wird sie
nicht los es kommt alles zurück in die
ehe zu dritt dann im landhaus packt sie
die koffer die kinder nimmt sie mit

IV. im abstand

MIT DER SCHWESTER WIE IM FILM
von bergmann sind züge prädestiniert
für das schweigende aus
wir tragen es weiter auf schienen
trotz der stille passiert eine landschaft
zieht vorüber als kindheit
im fahren
in gleicher richtung: amstetten linz
eben noch
langeweilendes staunen
wie die zeit so verfliegt
spielten wir autoquartett
auf dem rücksitz
des käfers
opel kadett
ford taunus
mercedes: kein stich
dann
stechen uns aus
unsere leben

HASENDRAHT HERINGE eine rehspur zum wasser
die biber haben in seinen stamm eine grube
gegraben jetzt sieht er aus wie eine sanduhr aber
noch wächst er wird größer und größer
jedes jahr gehe ich um ihn herum
aus der grube ist ein wulst geworden
ein schiff aus rinde fährt den stamm hinauf
ins meer aus den überresten meines zelts
wächst eine silberpappel

ABER WAS BLEIBT kann nicht eingenäht werden
mit ein paar wörtern in eigene taschen was
übrig bleibt steht noch
steht wenn es
nichts mehr zu sagen gibt
: immer

sind bäume am abhang

REISE IST ABER AUCH ABENTEUER
ganz weit weg weht ein unbeschriebenes blatt
los die leinen alle schienen führen
wer weiß wohin
als unbeschriebenes blatt
in den zug gestiegen die zeichenmappe
neben sich wieder die jüngste
im abteil alle anderen fahren zu ihren
bestimmungen
die zeit wird ihnen recht geben
weil sie die schienen vorausschickt
nicht den zeitfresser
die tage gezählt
in der partitur
mit schwarzen
punkten gekillt so froh
wenn sie endlich um waren
aus und vorbei
nie war das so wichtig die zeit
umzubringen und tot
zuschlagen damit sie endlich
aus und vorbei
endlich
aus und
endlich

vorbei war ein ende

damit endlich das andere

beginnen konnte das ja jetzt

da war

der zug

und die schienen

stundenkiller &

tagesfresser

hinter sich und

wieder obenauf

den schienen

im leben

ihr leben

ihr loft

ihr herzschlag

im schienentakt

so denken sie alle

die Ordnung ist ein vorbedachter Mord
Roland Barthes

Eleonore Weber

*1966 in Wien, Studium der Grafik an der Universität
für angewandte Kunst in Wien, lebt und arbeitet als
freie Autorin und Grafikerin in Wien.
Veröffentlichungen: gleithang seilschaften (2020), In
den Sätzen (2019), Weil nicht einmal die Ökonomie
Festland ist (2017), Caravan (2016)

Edition fabrik.transit Bücher
https://www.fabriktransit.net/buecher.html

Textverweise:

S. 35: Rainer Maria Rilke: Duineser Elegien, Neunte
Elegie, S. 69: Rainer Maria Rilke: Duineser Elegien,
Fünfte Elegie, S. 67: The Smiths: How Soon is Now?,
S. 70: Samuel Taylor Coleridge: Kubla Khan, Frankie
goes to Hollywood: Welcome to the Pleasuredome